Histoire de deux Petits Alsaciens

PENDANT LA GUERRE

Images de Lisbeth.   Texte de Nett.

Édité chez BERGER-LEVRAULT, 5-7, rue des Beaux-Arts, PARIS

HISTOIRE

DE

DEUX PETITS ALSACIENS

PENDANT LA GUERRE

Images de LISBETH.   *Texte de NETT.*

PARIS — BERGER-LEVRAULT, ÉDITEURS — NANCY

Lissele et Seppele Müller sont deux gentils petits Alsaciens.

C'est avec leur maman et leur grand-père que nous trouvons Lissele et Seppele, car leur papa et leur grand'maman sont morts il y a quelques années.

Ils habitent Storchenheim, charmant village au pied des Vosges.

Hélas! Storchenheim est sous la domination prussienne depuis 1870.

Nous sommes en juillet 1914.

Lissele et Seppele ont le plaisir de voir revenir, comme chaque année, leurs petits amis Louise et Robert, qui viennent passer les vacances en Alsace.

Comme ils sont plus gentils que tous les petits Allemands qui habitent Storchenheim !

Hedwige   Friedrich   Ella   Wilhelm   Kurt   Eric

Badaboum ! Ranplanplan !
Tout Storchenheim est réuni sur la place!
La mobilisation vient d'être proclamée.

C'est la guerre !
Lissele et Seppele sont

bouleversés. Cependant, ils sentent très bien qu'à travers l'angoisse du moment passent de grands frissons d'espérance et de joie ! Car ils pensent tous, eux, les Alsaciens, que la France victorieuse va venir bientôt les délivrer de l'odieux joug des Boches ! Et grands et petits ont bien envie de crier : « Vive la France ! »

Quant aux quelques Prussiens habitant le village, ils clament triomphalement: « Deutschland über Alles ! On va battre les Franzos ! »

Les vilains soldats du Kaiser passent sur la grande route en défilés interminables.

Robert et Louise, les petits Français, sont obligés de partir en toute hâte avec leurs parents.

Adieu, Lissele et Seppele, à bientôt, nous reviendrons vous voir en Alsace française!

Lissele et Seppele pleurent parce
que le cousin Louis Müller et beaucoup
d'autres, hélas ! ont été obligés de partir
servir les Boches.

Lissele et Seppele rient parce que
le cousin Henri Lapp a pu passer la
frontière avec beaucoup d'autres, et
qu'il va servir la France !

Hedwig Frechkopf et Friedrich Stincker sont triomphants !

« Nos papas vont aller à Paris nous chercher des joujoux ! Dans quelques jours nous les aurons ! »

Lissele et Seppele pensent avec leur maman que Hedwig et Friedrich attendront longtemps leurs jouets !

Et Seppele rêve chaque nuit à de jolis pioupious qui viennent le consoler des méchancetés des vilains petits Boches.

On entend le canon !

Le cœur de Seppele bat bien fort !

Les Français viennent-ils déjà ?

Tous les soirs Lissele et Seppele écoutent ainsi le lointain grondement !

Au bout de quelques semaines, hélas ! la canonnade s'affaiblit et son bruit n'est maintenant guère plus fort que le ronron de la petite chatte Misele au coin du feu.

Les Français sont partis ! . . .

Bien souvent grand-père parlait à ses petits-enfants du temps heureux où l'Alsace était française (grand-père était jeune alors); il leur racontait les épisodes de la guerre de 1870, le bombardement de Strasbourg.

Mais c'est maintenant surtout que Lissele et Seppele écoutent avec avidité les histoires de grand-père.

Dans la chambre bien close, loin des oreilles indiscrètes, tous forment de beaux projets et parlent de la prochaine victoire française.

Friedrich, Wilhelm, Kurt et Erich veulent jouer à la guerre.

Quel meilleur exemple pourraient-ils trouver, si ce n'est celui de leurs papas !

Tout est permis à la plus grande nation du monde. Aussi, Kurt n'hésite-t-il pas à s'introduire, comme un petit voleur, chez les Müller, afin d'y prendre l'innocente poupée que Lissele a laissée près de la pompe.

La poupée, considérée comme une Française exécrée,
subit les pires tortures, à la grande joie des deux petits
Boches.

Hedwig, en digne Allemande, accourt pour s'attribuer
les habits de l'infortunée victime.

La fête ne tarde pas à être troublée par l'arrivée inattendue de Seppele.

Très courageux devant le danger, nos petits bourreaux décampent lestement, abandonnant la poupée, non sans recevoir les vigoureux coups de bâton que Seppele, indigné, ne leur ménage pas.

Heureusement que grand-père sait à merveille raccommoder les poupées.

Aussi, la chère Française, rapportée jadis de Nancy par la petite amie Louise, a bien vite repris sa gentille tournure.

Voilà Schwarzpeter, le Kaminfeyer (ramoneur).

C'est un gai personnage, dont les idées sont loin d'être aussi sombres que le costume!

Seppele et Lissele le regardent passer avec plaisir.

Schwarzpeter doit aller ramoner chez le boulanger Zuegop.

Coucou! Schwarzpeter apparaît au haut de la cheminée, ce qui fait la joie des petits enfants de Storchenheim.

Et Schwarzpeter, ravi de son effet, crie à tue-tête : « Vive la France ! »

Malheureux ramoneur !

Le gendarme Schweinrippchen l'a entendu et dresse sur-le-champ un kolossal procès !

Schwarzpeter a oublié qu'il était sous la douce botte allemande!

Le Kaminfeyer a dû paraître devant les tribunaux.

Le juge Kalbskopf l'a condamné à trois mois de prison!

Soyez tranquilles! Schwarzpeter n'en perdra ni sa gaîté, ni ses excellents sentiments patriotiques.

Lissele et Seppele complotent une surprise pour l'anniversaire de leur bon grand-papa.

Ils savent qu'un beau bouquet tricolore causerait une grande joie à grand-père.

Mais ils ne savent comment s'y prendre pour rapporter les fleurs, sans éveiller l'attention malveillante des Boches.

Maman, mise au courant, trouve bien vite le moyen de tout arranger.

On va atteler Choli (Joli) à la petite charrette, et en route.

Là-bas, du côté de Brettstelldorf, à un kilomètre de
Storchenheim, dans un beau champ appartenant aux
Müller, nos enfants trouvent les fleurs voulues.

Coquelicots, marguerites, bluets sont bien vite
entassés dans le mignon chariot et recouverts d'herbes,
suivant le conseil de la chère maman.

Ensuite, Lissele et Seppele regagnent,
sans encombre, Storchenheim.

Comme grand- père sera heureux
ce soir !

Grande victoire allemande !

Sur le front français nous avons fait 123.891 prisonniers et pris 10.000 canons.

Demain, à 9 heures, service solennel; toutes les cloches devront être sonnées !

Lissele et Seppele savent ce qu'ils doivent penser de cette prétendue victoire que leur a déjà annoncée l'instituteur boche. Mais ce qui les contrarie très fort, c'est que la Sainte-Odile et la Jeanne-Marie seront obligées de carillonner en cet honneur.

Seppele en parle à son petit ami Schangele.

Schangele est le petit-fils de l'ancien secrétaire Wissener, que les Boches ont révoqué parce qu'il ne saluait pas le gendarme, et que sa fille, qui s'appelait Marie avant la guerre, s'appelle depuis Marianne, ce qui est un outrage envers la grande Germanie.

Erich Rollmops, venu de la Poméranie, a remplacé Wissener.

Seppele et Schangele
ont trouvé le bon moyen.
Le lendemain matin,
après l'angélus, ils grimpent
dans le clocher.

Schangele sait bien que Rollmops laisse toujours la porte ouverte.

Avec de vieux chiffons, Seppele entoure le battant de chaque cloche.

Voilà qui rend tout carillon impossible.

Le bon coup fait, Seppele et Schangele dansent de joie.

A l'heure de l'office, les Alsaciens, obligés par l'autorité militaire d'aller à l'église, s'y rendent, tous décidés à prier avec ferveur pour le succès des armées françaises et alliées.

La Sainte-Odile et la Jeanne-Marie sont restées muettes, malgré les efforts de Rollmops. Une enquête sérieuse a été ouverte à ce sujet, mais l'auteur du crime est demeuré introuvable.

Quant à Rollmops, s'il n'avait été un loyal Allemand, il aurait sûrement été révoqué.

Lissele sait pourquoi les cigognes ont l'air triste !

C'est parce qu'elles sont habillées des couleurs prussiennes : rouge, blanc, noir.

Et Lissele veut du bonheur pour les cigognes.

Avec une grenouille comme appât, Seppele a attrapé la cigogne Karline, qui perche sur la mairie. . . . .

La voilà Française !

Le gendarme Schweinerippchen se rend à la mairie le lendemain matin.

Horreur ! Kolossale horreur !

Le gendarme Schweinerippchen en a pris la jaunisse.

Lissele et Seppele
sont bien affairés :
« Si on cherchait le
vieux drapeau fran-

çais dont nous parlait grand-père ! Allons voir s'il n'est
pas trop poussiéré pour quand les Français viendront. »

Car, depuis quelques jours, le bruit du canon s'est
beaucoup rapproché.

Le drapeau est découvert — il
était sous la charpente du grenier.

Lissele et Seppele s'embrassent de
joie. Enfin, ils vont le regarder.

Comme il est beau !

Et, pieusement, Lissele et Seppele l'embrassent, ce cher drapeau français.

Mais, bien vite, — maman l'a tant recommandé, — on va le remettre dans sa cachette ! en attendant. . . . .

Seppele est bien élevé, cependant l'émotion de tout à l'heure lui fait faire une belle grimace à Kurt Boschke. Mais, ce dernier ne le voit même pas, tout pénétré qu'il est encore de la grandeur germanique.

Lissele et Seppele ont remarqué ces jours derniers d'étranges prépa-ratifs de départ chez les Boschke, les Stinker et les Schweinerippchen.

On dirait qu'ils déménagent.

Si c'était donc pour de bon !

En effet, aujourd'hui, les dames allemandes et leurs enfants ont pris le premier train pour la Bochie !

Le canon gronde toujours de plus en plus près. Lissele et Seppele, ainsi que tout les Alsaciens du village, se disent que le grand moment approche !

Enfin !.. Les voilà !!!

Ils apparaissent au détour de la grande route, dans leur bel uniforme !

Storchenheim, débarrassé pour toujours des Boches, est dans une joie délirante.

Souhaitons que bientôt ce bonheur immense devienne celui de notre chère Alsace entière, où tant de Lissele et de Seppele attendent, avec tous les leurs, le jour de la DÉLIVRANCE !

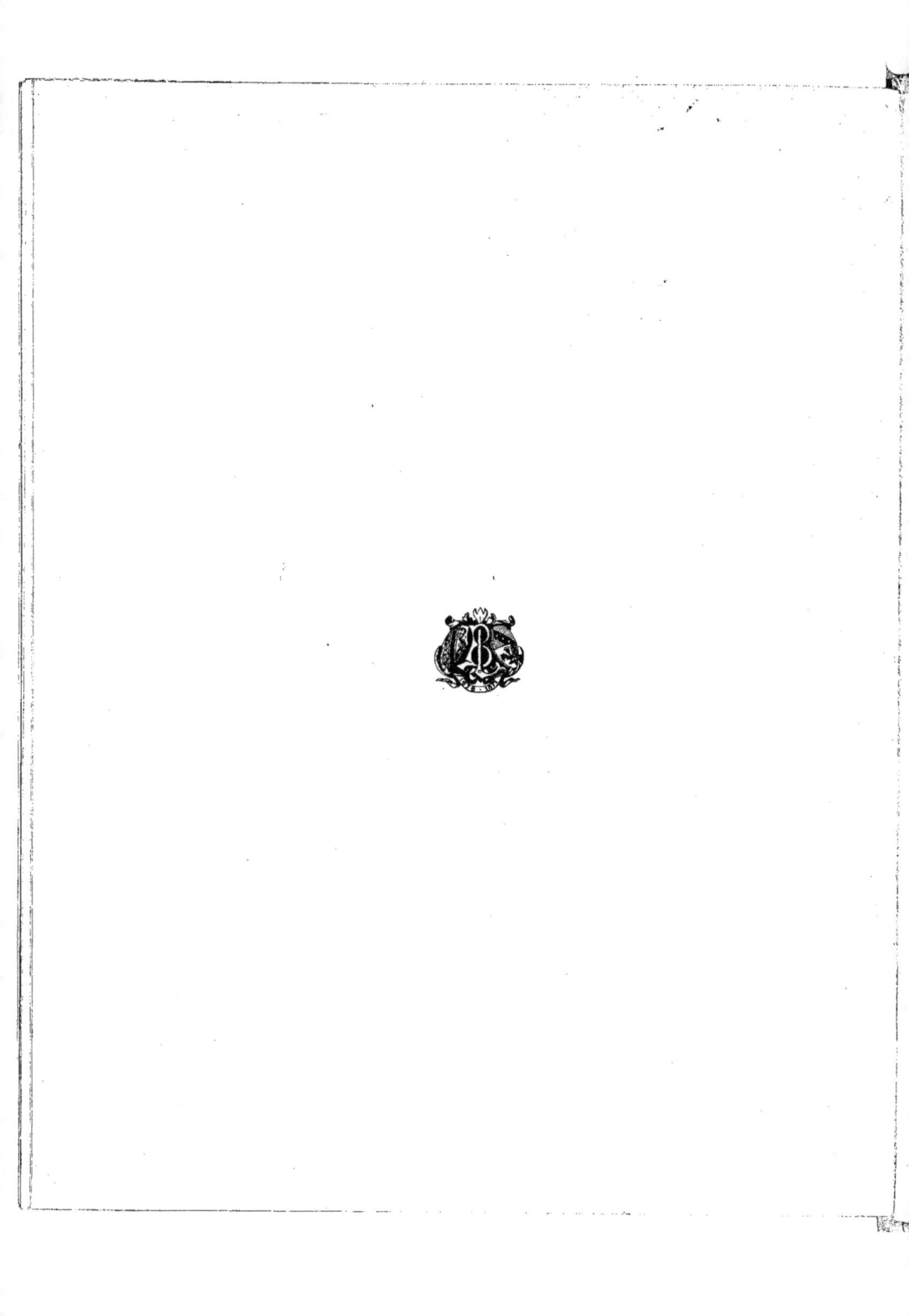

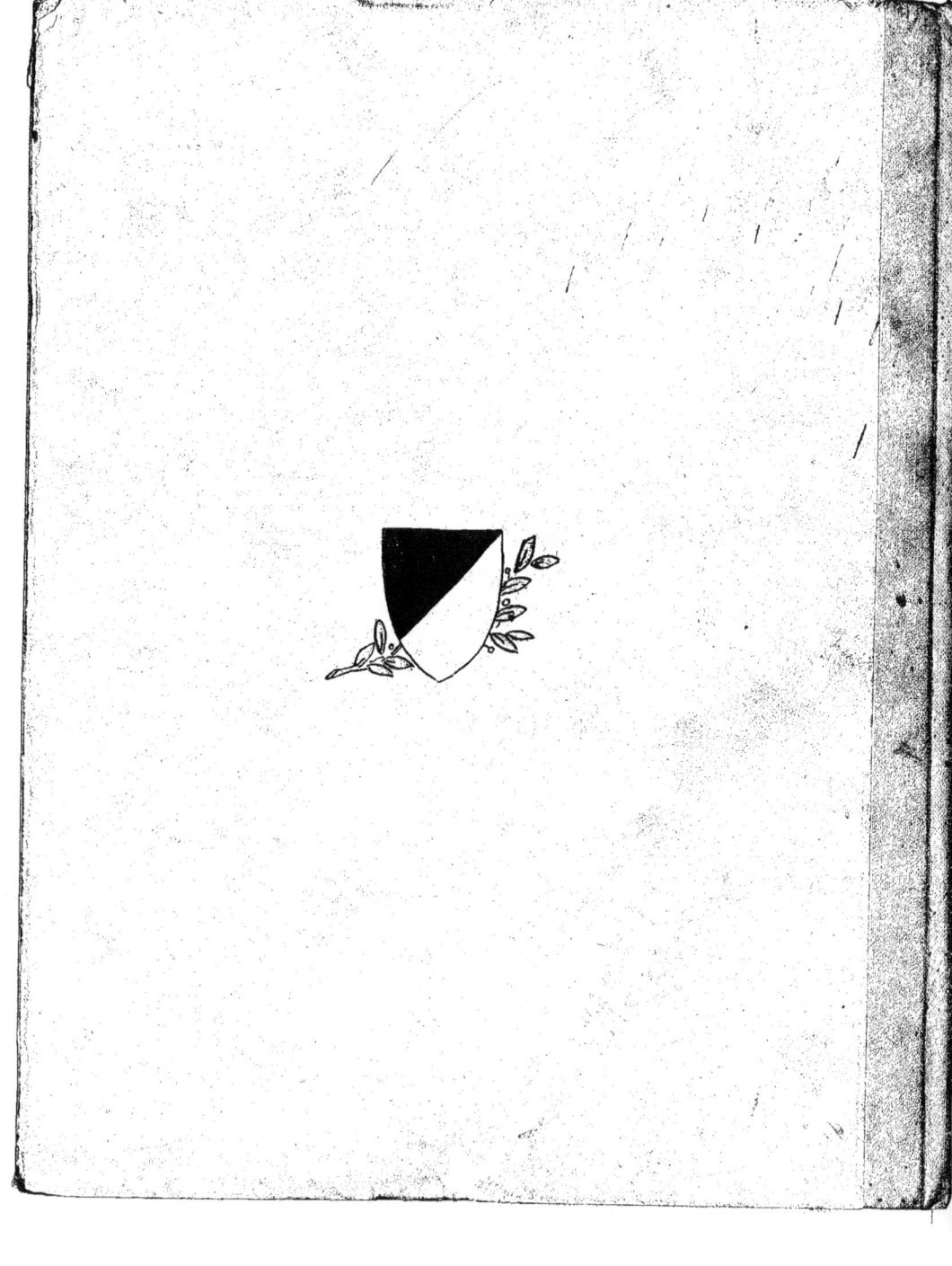

www.ingramcontent.com/pod-product-compliance
Lightning Source LLC
Chambersburg PA
CBHW060857180626
46818CB00004B/1742